摇曳的芦苇

王君泽 著

国文出版社

·北京·

图书在版编目（CIP）数据

摇曳的芦苇 / 王君泽著. -- 北京：国文出版社有
限责任公司，2024．6．--ISBN 978-7-5125-1648-9

Ⅰ．I227

中国国家版本馆 CIP 数据核字第 2024MF5262 号

摇曳的芦苇

作　　者	王君泽	
责任编辑	张　茜	
责任校对	孙雪华	
出版发行	国文出版社	
经　　销	全国新华书店	
印　　刷	天津中印联印务有限公司	
开　　本	880 毫米 ×1230 毫米	32 开
	7 印张	100 千字
版　　次	2024 年 6 月第 1 版	
	2024 年 6 月第 1 次印刷	
书　　号	ISBN 978-7-5125-1648-9	
定　　价	58.00 元	

国文出版社
北京市朝阳区东土城路乙 9 号　　　邮编：100013
总编室：（010）64270995　　　传真：（010）64270995
销售热线：（010）64271187
传真：（010）64271187-800
E-mail：icpc@95777.sina.net

序：做一株幸福的芦苇

摊开在各位手头的这部诗集的作者——王君泽，乃是一位在校的大学生。文学史上有许多早慧甚至天才式的诗人、作家。古代那些小小年纪便能吟诗作对的才子自不必多提。步入"现代"以来，许多名人写下成名作时，其实都不过王君泽这个年纪。然而今时不同往日，当许许多多的年轻人或沉溺于网游、追剧，或埋首刷分、考证，以"小镇做题家"自嘲自娱时，像王君泽这样时时驻足审视自己的内心，以分行的方式耐心地记录自己灵魂的步履，这难道还称不上是难能可贵吗？

我知道王君泽写诗，但直到拿到这部诗集之前，却并不了解他对诗歌是如此热爱。从他的个别作品看得出，他似乎从中学时便开始写诗，而且在当时的师友当中还有一定的诗名，这部诗集所收录的作品想必只是他诗歌起步以来的冰山一角吧。在我的印象中，王君泽似乎不大健谈，甚至于偶尔还有些羞赧。我不知道在他的心灵深处，是否视自己为"一株有思想的芦苇"——卷首的《芦苇》是一首让人产生阅读欲望的作品。"芦苇"是一个非常古老的诗歌意象，《诗经》

当中便写到"蒹葭苍苍，白露为霜"。芦苇若飘若止、随风而荡，似乎并不是什么高大、伟岸的形象，常常让人心生怜意，但王君泽却是从帕斯卡尔那里受到了启发，着重提取了芦苇纤弱却富于韧性的特点，进而以芦苇自况、自勉，纵使渺小、纵使微不足道，但仍期待自己能做"一株有思想的芦苇"，能像岸边的芦苇一般"摇曳、生姿"。而联想到王君泽高挑而瘦削的身材，"摇曳的芦苇"的形象在我心中更加深刻起来，不禁让人想起所谓"文如其人"的说法。阅读王君泽这部《摇曳的芦苇》的过程，也是我重新校准对他的印象的过程。《芦苇》实际上提示了王君泽的阅读和他的创作之间的关系，从他的《明天的蜗牛》《写给四月十二的诗》《怀念海子》等诗中可以看得出，他平时阅读了大量的书籍，这为他的创作提供了许多的经验和灵感。此外，他还有一部分作品是从旅途中得来的，可圈可点的是，王君泽并没有满足于描摹风景，而是不断地向内心索取丰富的情感，如他所言："让写诗的人可以在缭乱的字迹中重获幸福。"可以说，在即将展开人生精彩篇章的阶段，王君泽已经做到了"读万卷书，行万里路"，而且立志于"谈论崇高""求索真知"。徐志摩曾说在康河的柔波里他甘愿做一条水草，我猜想，写诗的时候，王君泽大概也甘愿做一株芦苇吧。做一株这样的"芦苇"，是多么幸福的事情啊！

这不由得让我想到，日后追索王君泽成长轨迹的时候，我们是不是应该注意到类似于传统的"诗教"的因素呢？文学，甚至于文科，有什么用呢？近些年来，这样的发问获得了不少盲目的附和。确实，仅以就业来看，社会对理工科的需求的确是比文科要多。但假若仅凭此就断言文科毫无意义，这恐怕就是十足的荒谬了；仅以"有用""无用"作为评判标准，这本身就是非常功利、非常短视的。孔子一行当年周游列国，走到卫国，看到卫国人口稠密，他的学生便问孔子："人口如此稠密，那下一步还应该做什么呢？"孔子回答说："让他们都富足起来。"学生又问："富足之后，再做什么呢？"孔子又说："好好地教化他们。"可见在孔子看来，一个国家的发达绝不能只满足于"富"，在"富之"的后面还有更加高阶的"教之"；而且在追求"富"的过程中也离不开"教"，如他所言："不义而富且贵，于我如浮云。"一百余年前，梁启超回顾追求"现代"的曲折历史时便曾谈道："近五十年来，中国人渐渐知道自己的不足了……第一期，先从器物上感觉不足……第二期，是从制度上感觉不足……第三期，便是从文化根本上感觉不足。"（梁启超：《五十年中国进化概论》）梁启超的话当然不过是一家之言，但是他见证、亲历了十九、二十世纪中国空前绝后的社会转型，他如此高度重视文化的现代性，这不能不引起人们的重视。沿着时间的链条来看，近三十年来，我们对于先进文化的重视、对于文化思想的及时总结，这其实都回答了文化以及和它密切相关的文科、文学的重要意义。具体到个人来说，让自己的钱包鼓起来，这当然很重要，包括孔子主张的也是先富之，然后才是教之。但是富起来，或者说得更直白一些，赚钱不是人生的意义和追求所在。最粗暴的假设便是，生命垂危之际，是花钱续命还是舍命保财？作家余华曾经讲道："人是为活着本身而活着的。"当然作为目的的"活着"不是苟延残喘、尸位素餐，而是珍惜生命、有所作为，努力地去追求生命的意义，这同马克思主义所说的"人的全面发展"是殊途同归的。而文学、诗歌所思考、追求、探寻的可以说正是"生命的意义"，如果连这种"思考、追求、探寻"也被取笑的话，那生命会不会变得轻飘飘的，就像米兰·昆德拉说的那样，承受"生命不能承受之轻"？讲这些，并非无视"民生之多艰"，也不是要提倡饿着肚子的浪漫主义，而是说不应当轻视、忽视甚至于讥讽、否定对生命意义的思考。当前社会的主要矛盾已经转化为"人民日益增长的美好生活需要和不平衡不充分的发展之间的矛盾"。何谓"美好生活需要"呢？显然其中不光只包括物质需求，也包括精神需求。事实上，就在2024年初，"中文创意写作"正式增列为中国语言文学的一个二级学科，这不仅是学科发展使然，也是时代需求使然。所以无论从哪个角度来看，文科都应当是大有可为的；无论基于什么样的考虑，都不应该轻视文科的建设，更遑论废弛。也正是基于这样的考虑，像王君泽这样，不光写诗，而且久久为功，积累出一部诗集，无论如何都是值得鼓励和重视的。

作为一个诗歌的爱好者和研究者，作为王君泽的任课教师，我为王君泽这部诗集的出版感到由衷的高兴。以上所写，与其说是"序言"，倒不如说是王君泽对我的启发。衷心希望属于王君泽的不只是一片风光旖旎的芦苇荡，而是更加广阔的湖泊、海洋！

冯　雷

2024 年 4 月 1 日

自　序

　　无数次思索过自序该如何下笔，当真正提笔的时候，还是有些茫然。从小的生长环境给了我诗歌的启蒙与熏陶，让我在诗歌的相伴下，从年少的孩童成长为今天的我。

　　小的时候，背诵的是古诗词，所以对古体诗词很是青睐，长大后才接触到一些新诗。我最开始的创作也是以古体诗为主，直到上了大学，才渐渐开始了新诗的创作，但是没有想到，一发而不可收拾。不到三年的时间，便有了这本诗集中的一百余首新诗，其中有一些是发表过的，还有些尚孕育在创作胎衣下的诗歌也收录到了这本诗集当中。

　　我非常喜欢海子，他的诗歌给了我许多创作上的灵感。《怀念海子》便是为了怀念我最喜欢的这位诗人而作。我曾刻意模仿他的创作风格，或许，读者们能在我的诗中发现海子的影子。外国的诗人中，我深爱惠特曼，他的诗歌给予我力量，引领我思考，如果读者们在我的诗歌中发现富含哲学意味的语句，我想这应归功于惠特曼。

　　我的诗多源于生活，从所见所闻到所历所感，都化作了带有些许意识流色彩的随笔诗句。创作的初衷，或是对生活的思考，或是获取前进的动力，或是丰盈空洞的心灵，或是更加勇敢地面对真实的生活。希望读者们可以在闲暇之时拿起笔者的诗，读一读，获得稍许的慰藉。

与诗歌结缘，还有个重要的原因，是我的老师们。要感谢我的恩师吕静老师，是她的语文课堂，让我对文学如此眷恋，最终选择了文学的道路。要感谢赵晓辉老师多次对我的诗歌提出修改意见，给我灵感，启发我继续创作。要特别感谢冯雷老师为我作序，并给出了许多指导性的修改意见。

诗歌往往是有力量的，是诗歌给予了我坚定创作下去的勇气。这本诗集，只是用分享的方式传达诗歌的力量。相信读到这本书的有缘人，都可以将诗填满生活，也希望我的创作，可以为您送来清凉。

目
录
Contents

第二辑　生活与春

第一辑　摇曳的芦苇

芦苇

渐渐地，

枯枝蜷曲着身姿。

渐渐地，

冰凌是春的信使。

渐渐地，

风也有了温度……

天是灰的、阴的，

雪踏在冰上，

无声、无息、无影、无形。

天是蓝的、晴的，

光洒在岸上，

且明、且暗、且隐、且现。

不变的，是荡丛中的芦苇，

它伫立于此，任风拂吹。

芦苇是霜雪严冬的背景板，

它枯萎了，

它失去了哀叹的气息，

它不愿和盲目沆瀣一气。

我信仰帕斯卡尔的教诲

——人是一株有思想的芦苇。

人是会独自盛开的蔷薇。

我们谈论崇高，

我们求索真知，

我们如此会饮，

我们谈爱的张弛。

芦苇，你随风飘动，

即使纤弱，即使不堪，

生命的绿色，死亡的枯黄，

你都站在那里，

一行、一行……

万般的阻难，

你不曾折断。

那是芦苇的力量，

芦苇的光芒。

我愿你永远舒展你的身躯，

我盼你不停摆动着，

你蓬勃不息的生命力。

啊，芦苇

——思想的芦苇！

只愿你我如它，

在人生的芦苇上摇曳、生姿。

晨倦

在黎明前
欣喜渐渐放慢
在破晓后
慵懒变得坦然

当我们倾听北风
落叶沙沙作响
这是华美的世界
无上的黄昏

初升的太阳却告诉我
这是美丽的清晨。

对着，我对着它
仿佛一切变得模糊
我在思忖，

原来是精神的强弩

射向了你的意志，

让你天崩地坼

訇然中开！

你要保持你翩翩的风度，

在云里雾里，

待这风拂去。

霎时间，

身躯紧靠着墙板

你蜷曲的形体

仿佛皈依于这污浊的空气

甚至在匆匆掠过中

期盼那杳无可期的消息

那帘幕遮挡了鳞次栉比

而我

在臆想的云中

等待短暂的遥遥无期。

望

望一片深渊，
深渊告诉我的，
是无尽的黑暗。

黑暗也凝视着我。

漫漫长夜中，
思维在跳舞——交际舞。

精神给了我内在的潜意识，
抛开这复杂的渊薮，
留给我一片星空，望着天马。
风吹过，阵阵寒冷，
这寒冷让意识结成冰——
欲呼不得、欲罢不得。

你，手提一杯红酒，

红酒在杯中晃荡，

那是血色的灵魂。

挂在杯壁，缓缓消靡……

想

一切的力量，集中在大脑，

无不努力地想，用力地想……

面目狰狞，依旧苦想，

直至碰撞，忽生光亮。

啊，一切都是记忆的回溯与重新歌唱。

摇摆不定，嗡嗡作响，

散发着那冥想的磁场。

献给真理

回溯与偏视，

平衡与跳跃，

真理与命运，

谁在寻找……

冲破混沌，

是真理的践行，

让理想充盈着生命。

真理是汗水与血液，

思想的燥热让汗珠聚而散落，

心脏的跳动让血液燃烧，

像红色的火焰。

我献给真理、智慧和你。

听见黑暗

生存的规律，

时代的叹息，

沉重地撞击。

鲁迅先生、爱罗先珂，

都在这里。

鸭的喜剧，

有着生命的意识，

它启示着我们

——弱肉强食。

小鸡的悲剧，

是盲诗人的呼吸，

每一次气喘，都是那么清楚、犀利，

却愈渐乏力。

黑暗他看不到。

或许失去光明的眼皮下，

是白色的光芒。

听，如此真实，

像雨水淅沥，

漏断人息。

听，如此伤心，

是黑暗的房门，

和时代的失利。

听见黑暗，

是失去光明的倾听，

是时代，

是被摧残的晚清。

杯子

白色的杯壁，斑驳的痕迹

最初的沾染，灰色的污迹

可是黑色反衬着

反衬着白色中的灰

也吞噬着

一切可以见得的光亮

于是透明了透明的墙，

可墙像透镜

里面的世界，尤为抽象，

扭曲的是一切的棱角，

因为杯子总是这样，黯淡无光

变得这样，就是这样。

午后机器

慵懒的午后，总是有光
光照在脸上，微微荡漾
清晰的思绪，都在幻化
化作庸碌的泡影

思想着日本语，
于是突然袭来
一种迷幻的眩晕，照着个体，
让生命本该的活力，变成了，要休眠
而栖的机器。
于是有人坐下，有人昏倒，有人
用平躺的身姿抗议，却
敌不过
这白天的迷。

被一层纱蒙住，蒙住了平衡

也蒙住了前行的路。

人们甘于沉溺于一个午后，

用三个小时的抗议，

书写着春天的倦与

不知所云中消耗的

平凡的一天。

溯

回头而看，波浪翻涌

我生怕沾染一滴海水

却勇敢地在骇浪中穿梭

周围掀起了浪花

浪花却拍打不到我

我只能用力去挣扎

去拼命地游回被浪冲破的对岸

风吹向我，我却顺风而行

无力的感受，让我无法面对，

天也有了温度，

风变得刺骨，我拼命回走

走了许久，见到你

我的以前，

你的以后。

一块表

书架旁的挂钩上
总是挂着一块表，
让指针，滴答不停地转动。
它在岁月里沾染，留下的灰渍
不再崭新。

时刻的银圈不再鲜亮，
油漆的浑浊未曾褪去。

玻璃的痕，总是碍眼。
像从未听见我的怨言。
在镜面的反射下，玻璃被污染的光覆盖，
好像一切都曾破败，
可它永远走向未来，在聒噪的指针声里
像时间流逝，从未定格，从未沉寂。

梦

在一个看不见白昼的楼梯间，

谁也不能料想，阡陌上该拂去的春风，

迎上了我的颊面。可，

潜意识的埋藏告诉我，你该去找弗洛伊德

——梦总该读懂。

我曾经的懊悔，变成了梦的背景板，

它在我的脑海与意识里发散。

我们拥抱，亲吻，

又多希望，这是现实世界里的扩延。

为了那一刻的感动，

你又在内心压抑了多久？

这场梦暂得欢脱、泪珠滴落、记忆埋没。

她的美是追求、是灵魂上的、是超越凡俗的——

是为品德而眷恋的。

我爱的，是砥砺品德的热情，是尽祛铅华的，

那过去了的，黯淡却发出圣光的伴侣。

而梦，难道是最终的赐予？

不、不、不，

未至结局，情非得已。

愿心灵走在回家的路上，是的，

我们的家。

怕

当陈旧的堆积被重新拾起

用几十块，换得了此时的夜深

一行字，一支笔。

我回忆着经历，用无数的

颠沛与清冷，映衬着

红色的外衣。

灯下的漫笔，是割裂的

是狞厉的，用回忆的恐惧

填充着暗夜里的胆怯与战栗。

我怕着，害怕……

到立春的时节了，用

皲裂的和门牙粘在一起的嘴唇，亲吻

——我想亲吻的不可及。

可是我恐惧着，这一吻的顺序。这

便是内心的，未知的那让人翻涌的狂
躁
与深刻的顽疾。

我思想着未来，未来是几天，

几天是未来，或者

是而欢乐的未来却

又在某一瞬，化作了春泥，

销声匿迹

这未来让我不怕，

不怕一切的勇气。

隐约的胆怯　却

用诗亲吻着变异的内心与变态的思想

天才呀　为何是你。

哈哈，我开心

呜呜，我痛苦

哼哼，我愤怒

不不，我不怕。

在刺骨的笔尖上

幽灵是寂静的

在凉爽的夜晚

十个指头

五个冰凉

用僵硬的手掌，抚摸着

一本诗选

诗歌是魔幻的亡灵

夹杂着，欧罗巴大陆上

一个超越现实的主义

这笔触让鲜血回涌

回涌到凉爽的五指

五指摇晃着笔杆

三指在升温

开水间的水，可以饮用

黑蒙蒙的布涂满窗户

暗魅的灰色血液

吸引苍蝇

落在了皮肤上。

笔尖环绕着

歪曲的字体

恐怕是被冻的

不，是被开水温暖的。

郑伯

郑武公和武姜生下了庄公与共叔段
她战栗着，她惊惶着，那寤生的脚
她爱着，并期盼着，共叔段的将来。
路小了，走反了，她的希望也背叛着那
内心的厌恶。

她化作一个骨血的祈求者，期盼着
更多的利益与土地，与制邑。
庄公的允诺，亲情的枷锁

有识之士——祭仲
他言那国土的患与
高高的墙。
我该怎样，这无声的倾诉，
不如别处，那忠臣的回响
野草滋长着，绵延着，烧不尽，割不掉

正如这亲情的桎梏，不曾抹消。

他相信这道德与正义，是
宇宙的规律。
他相信那不好的事情，
总会将它抹去。

可是亲情让人消靡，
让土地归属自己，
只有那艰难的抉择和生命的逝去。
这真挚的情感哪
这无声的背叛哪
这人类的悲恶哇
淋漓尽致。

我要反击，我要惩罚那无耻的背叛
我相信命运的轮转，总是会回归原地
我渴望陀螺仪上的平衡

让我追赶他

何曾梦觉。

有人说

本分是弟弟的

"克"让人难以启齿，

无从下笔，这善良的亲情与人性的本质

会在无声的有形的争斗中

走向你。

背叛与陷害

给了你生命的她，我该如何安放

我才深陷囹圄！

我感叹不曾渴求的亲情

却无法面对

那一碗肉羹

誓言重要吗

我想

在颍考叔的规劝下

在无法泯灭的亲情前

仿佛轻如鸿毛。

我无法接受我付出过的背叛

但在她面前

我又仿佛蜷缩回去，用脚

走出一条爱的行迹。

意识流的诗

意识流的创作

让我心生欢喜

灵感的缺失让人犹豫

寻找创作的意义

寻觅过去、今天和以后。

用这拼不成一块完整的照片的零碎思想

去让新诗繁衍生息

可是很难的，也许

新的想法在拼接

接了又续，续了又接从而

想起了一句话

便有了下一句话的出现。

这让人欢喜，欢喜创作的乐

让如此轻易的脚步

也踩成了诗的行迹

这是幸福的，也是侥幸的

故而热爱不能长久

胡思乱想反成了一首诗。

零落的灰尘，

被风儿扫净

清澈的思想

渐渐成了溪流

因而成了河

成了意识流。

这是意识流的创作

是无奈的结果

亦是欢喜的重逢

也许明天不远

一字一字地

拼接成

我的语言。

寂静之诗

风轻轻地飘着

在凉爽的夏夜，只有

机械的轰鸣没有

清脆的蝉声。

可是安静是可怕的

这未显躁动的静

让人心生一片深渊

深渊在回响

笔尖是旋转的

旋转出深渊里的诗行

天蓝色是背景板

衬托寂静的晚上

一盏冰凉的茶水

也许可以缓解刺痛的喉咙

像是空气里的水

遇冷结成水珠，附着在杯壁

略显清凉，稍许慰藉

一种用异国语言形成的文章

让人摸不着头脑

在不知所云里

渐渐走向明朗

自以为是的意义

也许成了谬误

可忽而发散的意识

构满了一个篇章

五月在歌唱

唱那未曾知晓的

唱那未曾读懂的

无形的具象

思想者

春天的美好

我用一生去唱和

夏天的炎热

我用烦躁送首赞歌

清风徐来

晴朗的夜告诉我

今天是一条弯弯小河

用情致谱写的篇章

略带着躁狂的意志

这意志吞噬着药片

让人心神安宁

今天的赞歌

又轮到谁来唱诵

我寻觅着答案

也找着雨后的星河

我在星河里舞蹈

Dancer（舞者）说

这是一支华尔兹

它送给孤独的人和

托腮思忖的智者

卡通的镜像

在网眼里呈现

无论多美，却

总罩上了灰色的纱

去唱和今天吧

我的朋友

去实现理想吧

这是最好的契机

看，风来了

不是吗？

曾经之我

寂静中沉睡着，在
百无聊赖中静坐着
生命，隐去的半点姿色
冰冷地存活着。

可是天空是虚幻的
大地失去了颜色
用横亘古今的时间轴
铺满时间的年轮

又到了开始呼啸的日子
风儿在吹着头发
可是失去是永恒的话题
我们都不再回去
回到凉爽的夜和
青涩的你

于是我摇曳生姿

我生活与人生的芦苇

我发出深刻的哲思希望

有人能记起过去

记起无所不知的神力

下了雨，只是半点

燥热中生存，是

永恒的命题

我不曾拘泥于常态但

适应了恶劣的天气

因此生存，是意识

我们都在回忆一个

春花秋月的你却

失去了永不回去

故而再见了，我的梦

再见了年少的你

我们都勇敢地生活着

为了，存在的意义。

何在

归去的人何在？
伴着贞洁的月色
我无法寻觅。

逝去的人何在？
伴着滚滚的江水
我无法寻觅。

听女孩歌唱的人何在？
伴着缭绕的云烟
我无法寻觅。

寻觅终将回到过去
山茶花开时
便遇见了你。

诗的意义

诗给了笔尖流动的液体

思想的墨迹

文字的葬礼。

佛

传说它很灵

治好了我的疾病。

我又许下了夙愿

期盼有天能实现。

可前几天有了实现的苗头

我便想着该如何还愿，

但愿这片天，不被辜负，

但愿那心愿，很灵验。

镜像之我

深邃的镜像下
映出一具嗜血的面庞，
在撕碎的咆哮声里
一个人在轻盈的旋转。

向曲折的小径里行走
走在草丛堆砌的山谷里，
风的掠过，浇灭
雄雄的烈火，而后，
面对着泥潭，白色的布
织成的人形玩偶
一跃而下。

不再苦求别人的祈祷
因为自己便是世界的主人

不再奢望一万次求救

因为本体已经救赎。

在冰窟窿里拍打水花

刺骨的水让心冰冷

这不会再是前路的影子

只会在跪地的祈求下

喝下一杯发晕的红酒。

乱

无情地嘲讽

冷酷地拒绝

夹杂着离开世界。

风雪将光阴留下，

席卷中凝成了霜，

也下了雨。

无情的枷锁无法束缚笔尖

依旧挥洒着破烂的

不被人正眼看的诗。

就连这样的人

都可以将诗歌当成生活，

那样的人又如何诉说？

梦变得遥远，

希望这是一首好诗。

第二辑　写给对岸

别亦难

东风也无力了，

诗，也来迟了。

走在河畔旁，说着平常。

指针滴答，离别的钟声敲响。

我放慢了脚下的每一步，

在这灯火通明的黑夜，

我点燃香烟，像归家的少年一样，

送着离别的游子。

一支断了，又点上一支，

时间也不愿流逝于此，纵然逝者如斯。

分别总有，道不尽再见。

好几月，或永远……

期待总是无声而欢笑，

却道是不舍和纷扰与

内心号啕出的，几滴眼泪。

今夜不再良宴会，纵然

两顿饭，也逃不过时间的堡垒。

别了，相见时难

别了，石子小路

别了，无声泪滴

别了，陌生人

别了……

别，亦难。

翔

映照着，笔杆的影子
书写着，困窘的绪

用漫夜里的思想
瞬间的光影——看
轻柔的香与
灵魂的翱翔。

去征讨，春天的空气
它试探着鼻息，要用
柳叶的轻飔，飘散那
抑郁的哀伤
唱着一句：它飞了
飞到遥远的地方。

对岸的想念

沉醉的幻想，留在过去
躺椅下的人儿，细细思忖。
诉说旖旎风光的先生，你
亲切的怀念，是否还在这里。

娇柔与扭捏，像
纤弱的细柳，像
乱石滴答。这还是文学吗？
我叩问着。
是否还有持有火种的读者？

轻快的空隙，有几分拗口
却总是那么隽永，秀丽，让我
随时可以看见一种身影
诗意的影子。

文字的敲击声是无能的悲愤，

用时间去雕琢，

用真心去祝福，

对岸的人儿和

美丽的世界。

秋叶寒

幸福的旅人哪，无尽的寒意

透着西风与落叶

演绎着时间的热烈

古道，西风，瘦马；

有人在一旁站立，有人在呐喊。

你挥挥手，春风盈袖

我点点头，一路好走

思忖与奥林匹斯山上的众神

让我战栗。

好一个西风，这天好冷

我歌颂真挚的感情，明言一种早产儿的母爱，

在思想与命运中，掌握

罗素与黑格尔的哲学。

高尚的灵魂哪

深刻的命运哪

我见你在跳跃

跳跃中的每次点地

都成了一种崭新的平衡与秩序

这，才是时空的拟像。

写给四月十二的诗

走廊的门隙旁

你轻盈地跳着

像新鲜的青草，有

孩童的欢笑。

你说——人间四月芳菲尽

我听你轻快地说，对你的挚友诉说

从此我便记住了，那笔下的

人间的四月，有你。

一个曾被苏轼感动的人

总钟情于撒哈拉的故事

我犹如其中的哑奴

这是今天的宿命。可是

那使你动容的，只是流浪者的笔体。

我钟情于四月，不仅因为芳菲

我热爱四月的灵魂

我热爱四月的生命

我知道那可爱的人儿是美丽的

即便停下脚步，

在无声的回应中

在可贵的回音里，

都是一份灼热的希冀。

在三百六十天前的午后，

问候总是如期而至

那许久曾尘封的对话

被开启了一点，仅仅一点

风也告诉我

生命中的白羊，

不像夜晚的星宿。

可春天告诉我

一团柳絮的缠绵，

仍让人苦不堪言。

四月十二的你望着江河

望着沉重的脚步

望着穿绿色风衣的人

望着穿牛仔裤的人

仍然嘶哑，

不曾亮起。

人们总热爱的，十二日的灵魂

那灵魂像最后的狂想曲，

沉重地敲击着琴键，

发出一曲尚未连贯的单曲。

诗歌用真挚的情热爱着，

热爱为孤寂欢呼的人，

渴望着春风拂面，

是否

眷恋的日子，会

唱出最后的迎头一击。又

会不会

连唱也不唱，

沉默是今晚的咆哮。

一种锋利的宿命

像三年前曾沉默的人一样，

用无声的言语

发出最惨淡的回声。

山脚下的人在春天吹着西风冷

这是春天最锋利的四月，

也是四月里伤逝的春天。

摇着铃铛，或许

再也不会有叮咚的响声

在轮回的世界中，

这是四月十二的报应。

可总想翻身的人儿啊

上天总是不公

这力量不再予你

也不给别人，

只消逝在

四月十二的星辰。

爱的喜剧总是吟唱着，

三个月的念想汇成了今晚的月亮，

月亮告诉我的，是不再回眸的人儿

将灰烬撒向广阔的夜空，

浩瀚是你的余烬。

总用心冥想，那四月十二的人

这是一首写给 M 的诗

这是一首来自 Z 的哀叹

这是一首浩叹 C 的终章

也是，

写给四月十二的你和我的

诗。

M 的花

总是说

这是一首写给 M 的诗

可是碧波与春水

海浪和微风

却远离了最初的美好

因此这不再是写给 M 的诗

诗与我早已沉寂

红色的灵魂在飘着

诗的意义早已不在

一切美好的日子总

翩翩起舞着

跳一曲华丽的舞

迎接那善良的 M

春夏秋冬只是四季

两个人字形的斜线才是永恒

这日子早已消逝

只剩下无声的言辞

这是赞歌不是？也许

风儿会给我答案

柏拉图抑或弗洛伊德

精神究竟怎样才能

构成一个 M 状

我无从知晓

也许明天会给我答案

不再梦觉，不再彷徨

诗写给谁都是春光

四月芳菲，五月花落

花瓣是粉色的诗语

这便是未竟的

那难缀的

神秘的诉说

L 和 X

有首诗，不知念给谁听

有些话，不知向谁诉说

我向西南望去，是 X

一个身影背向我

我竟无言以对

我向周遭望去，不远处

一个身影面向我，是 L

一个不该出现的灵魂

可是，它出现在我的生活里

沉溺于我的思想中

即使挣扎咆哮，也

无济于事

L 和 X，两个字母构成的感情

仿佛，比时间强烈些

像子弹一样，击穿我的胸膛

拍打我的臂膀

如果两个字母着了魔

那误入歧途的火便

再也无法浇灭

可声音越响，身躯越疼

L 和 X

一段无法诉说的失落。

给马之聪的诗

晨曦向我告捷。
这是一个胜利的夜晚，
我询问着沉睡的胜利者
今天是什么色彩。

我失去了梦的底色，
亦欢脱，亦沉寂。也
无法在手舞足蹈中徘徊
向那若隐若现的人
送上那骄傲的相拥。

我以胜利者的姿态寒暄
叩问今天太长，明天太远。
又问你最近过得怎样
好久不见，甚是想念。

当黑色的钢笔写下凯旋的诗，

其实记忆，也变得神秘。

用隐晦的言语，歌颂未竟的爱，是

多么悲哀，多少伤害。

短发的人并不高

期待着达·芬奇的空间。

可梦太遥远，

远到来世，可能再见？

不如沉睡，直到午后

那个艳阳的天。

释然的憾

天将寒冷的外套脱下
在沉睡的夜里咆哮
过往的那些温柔
都将沉醉在凛冽的风里。

我爱将风化为意象，
吹拂今天的迷惘
夜晚的提问箱
是斗胆而来的期望。

你说如果认真的话，就来找我。
我说如果认真的呢，一道车辙。
你用谢谢的言语告慰我，
我用早已放下的心接受着。

当你深吸一口香烟，

绪，便放下了许多。

冷静过后，还要面对那

世界的底色。

我用谢谢的言语说

终于没有了遗憾，可

你会记得，那鼓起勇气的片刻。

敲击的键盘多么犹豫，可

还是有了那次点击。

是的，从此遗憾不再

我将新诗送给你

它本名应叫故人的梦境

可今天，它叫送给你的诗。

没有遗憾地往前走吧

不忍再回看，

那释然的憾。

向下滑动着屏幕，

寻找诗的素材。

谢谢你的喜欢，

带着无法回应的遗憾。

从前我也许发觉，

今天我些许疑惑。

或许你是今天的幻象，

可我还要光明的未来。

早已准备好的言语，

如此平常，恬淡。

就放下了，沉重的秤砣，

未曾有过，那曾经的片刻。

大度一点

我劝你要——
要怎样呢？
大度一点，不必
计较小人的游戏，
他终究会忏悔。

弥散的香

期盼一个月后
是泯恩仇的重逢
风带给我思念，我
走路带风。

开怀畅饮后
不再留恋过往。
多希望，用真心痛哭一场
挽留那，弥散的香。

外婆

我将飞行于两千公里之外的地方
去到亲人的身旁
在几天时间里奔波两次，
只为那说不出来的感情。

当危重的病人呼吸困难
活着的人同样艰难
我渴望没有痛苦的解脱，
从此不再这样难过。

我真切地感受到，那一句
忠孝难两全。
当我奔命于江北
那村子里的爆竹声中，
宣告着日落。

晚上的天空未曾有星星，

最后的呼吸无比艰难。

当爆竹声响起，

就知晓，

有人去看星星了。

我也痛苦，我也难过

可是顶天立地的人哪，

你要站起来。

我抱着母亲，

将双眼紧闭

去看星星的人哪

你要幸福。

远走

嫩黄的月亮
倒映着春天的湖水
鹩哥会喊她的名字

自从人远走了
它不再喊她
一串串鞭炮让牲畜闭嘴

竹林尽头的火光
它向我言说死亡
只不过想在有花的地方坐下
并且张开双臂怀抱

怀念海子

海子于今天消逝。

几十年前的今天，

他不朽的灵魂，

伟大的创作，

散发着光芒，

如诸神般存留在今日。

你听，波涛依旧。

海边的空气是咸的，可是花却盛开了。

以梦为马的诗人，远方忠诚的儿子。

是谁囚禁了你？

是谁让你的生命倾颓？

是谁让你的生命交付在这冰冷的铁轨？

你说你爱华美而无上的黄昏，
今天你依旧在黄昏中永存，
你的生命已近了黄昏，
黄昏在火红中也为你而振奋。

多少个海子，多少首诗。

大地，海洋，天空。
埋葬、陷落、死亡。

无论风强浪急，无论梦在何方，
脚下的马、过去的路、怀里的春
也都成了芳菲的人间
和海子和我的那半截的诗。

第三辑　生活与春

三月的迎春花

行人匆匆，

放学的孩子，

还穿着那熟悉的白裤，

踏着单车，向家的方向。

天且朦胧着，

氤氲的雾气，

方添上了几分银灰色。

渐渐地，我迈开了脚步，

在湖边、在小路，感受着春的万物。

我爱这春，

更爱这迎春花。

在蛰伏着的春下，

唯有它盛开着短暂的一瞬。

一瓣向着太阳，

一瓣迎着光芒，

一瓣落在地下。

我便化作了地下的那一瓣，

地还冰凉，我在战栗之中，

依旧有那花的金黄。

三月的迎春花，

格外鲜亮，

它迎着向北的太阳盛放。

太阳落了，升起月亮。

天暗得不慌不忙，

紫色的空气罩着暮光，

在胡同平房的屋顶一角，

瓦片变得青而黝深。

钟声响了，迎春花按下了暂停键，

它随着黑夜停息，

又等待着晨钟的敲响。

三月的迎春花，

从未让我失望。

春的雪

忽来的春，飘来了雪。

雪片片落下，盈上屋檐，铺满大地，

化在湖水里。

雪花纷纷，是纯洁的歌颂。

行人阵阵，是来去的无声。

风吹过春柳，

雪像离别的亲人，纷洒空中，

说出它最后的眷恋。

化作泥，化作尘，化作三月的空气，

那寒冷是春的倦意，

也是透明的风力。

春的雪，来去无踪，

春的雪，和蔼动容。

春天是枯树映着蓝天

春天是枯树映着蓝天，

一切是那么平静、安然。

风来了，

它吹走严寒，捎来温暖。

阳光如此地刺眼，

那巷口的余晖，迟迟难落。

赤色的光将大地铺满，

几丝柳絮，蜉蝣般飘散。

仰首而看，枯树映着蓝天。

花墙

盘旋的立交桥

用花的绽放围绕着

玫瑰花盛开着，紫色的

开车行驶在路上

隔离带也种上了花

依旧是玫瑰花

在角落　在窗前

在闻不到花香的地方

在一路的旅途上

在出租车的窗户里

看到一面花墙

花用面向太阳的姿态

也许向你微笑

也许，泪珠在花瓣中隐藏

一朵花束，带刺的

用锋利的身躯布满高墙

用一面墙的美好

去拥抱一群花

一群我最近爱的花

墙面朝着我

我冷静地注视花墙

音乐在柔美中哀伤

而情

无论是什么

亲情、友情、爱情也好

不知道是哪一种正在

融化着花香

我浸润在爱的芳香中，

这赏心悦目的墙壁

令人心生爱的冲动

去爱世界的美

去让一切哀愁心生恻隐

于是我便沉睡进去

进入了梦乡也

躺在了花的脑海里

午后

睡眼惺忪

在盘旋着的蛇形思想的午后

用一阵疼痛

唤醒沉睡许久的人

人总想着回忆，回忆昨天

可是奇怪的天气，晴天霹雳

白色的葡萄从空中掉落

落成了一场雪，然后

又融化掉，化成雨水

撑伞的人还在前行

无情的思想还在蔓延

用几首词，和贪吃蛇

享受雨后的下午

心绪平静，毫无痛感

这便是最好的

百年之日

泛在一片霾海之中
望不清远方的红色
在波涛汹涌的声浪里
亮起那南方的光。

我伫立在对岸
用倦怠的心消极战斗，
用热得发烫的脊梁触摸汗水
实在是岁月使然，年华老去
生机便停止了跳动。

可是那天，醒来之后，便
有着几分醉意，
或许是没睡醒罢了。
这种宿醉让人呕吐，眩晕

可内心深知，今晚

还有一场伟大的战役。

清晨，我回到百年的志成

相识旧友，昔日师长，都相视而笑

我深知未来的夜晚有多远，可

鸟儿的歌声里，没有回音。

少不更事的我又回去了

回到绿色里，望着对岸的红色，

我岂料斜对面的

是我的故人与旧爱

又何曾感慨，

今天是伟大的一天。

晚餐

圆桌之旁，将白酒斟满

骄傲的身影依旧，

也许是这一群人。

电话作响，有人被放鸽子

临时的赴约，成就了今天的圆满

一句话说："你先开始吧"

我便向每一个人致敬

交换新的天地，刹那的身影。

他是她的朋友

他也是她的朋友

他俩是我的好朋友。

不久，故人来了

是四个男人的故人，

也是唯一的故人。

故人装傻充愣，

一问三不知。

我便知悉，她已知晓了一切

可是这是为何，

可惜那又如何

这里不是今晚的康桥，

今天，不再沉默。

秋夜跑

深秋是萧瑟的夜晚
风儿刺骨，缓步徐行
在小路，在湖边
在秋的天空里。

艰难地叹息着
骨骼机械地运动着
使心跳加速，跳动出
急促的呼吸和
难得的诗意。

一步一步，像未知的路
未曾那么明晰
用一口清冽的茶水
浇灭燃烧的躯体。

等待生命平息

争吵着琐碎

便玩起了手机。

前夜

小镇下着雨

山上飘着雪

下山的脚步沉重

泯灭的新生。

来到了桃花盛开的地方

冰冷的毯子，是

午后的颜色。

将食物串起

用昂贵的方式烹饪。

黑夜给了我沙哑的喉咙

用早已平淡的咆哮

呼唤明天午后的半山腰。

将夜晚融化在北平的冬

刀尖上的颜色

将染红的大地

布满正义的光辉。

于是躺在床板上

回忆今天的疲惫

明天的清晨，会

给我一份白米粥与鸡蛋的早餐。

这是朝圣之路的前夜

总平淡了忧伤与哀愁

让新的太阳照亮阴森的角落

轰鸣着，远方的梦。

忆去年病

一年前的今天
狂躁在黑夜中使然
病痛护佑着完整的躯体。

当一粒雷贝拉唑吞咽后
便消失了惨烈的气息，
我未料一切竟会如此
愤怒的机体受伤了。

第二天，是个星期四。
翻滚过去的痛，躺平
更不是好的抉择。
于是夜深了，不行了
急诊走廊灯亮着。

三个人的搀扶，

大不了一起隔离。

三筐透明的液体

将治愈的能力输入静脉，

渐渐地，身体回温。

凌晨的电话放下仇恨

一切都坦然了

那病倒的人。

我难以回忆的过去

是如此的艰难，

怒火也平息。

不再希望，世间还有顽疾，

只希望，一则问候的消息。

苦于形役

不要再沉溺于过去的执拗，因为
今天的天气告诉我你未料天的阴沉
时间会给予你残酷的答案并且告诉你
什么才是真正的世界。

工作，是今天的必修课，我疲惫于此
向过去说一声抱歉，今天我想辞职不干。
再多的压迫
都比不上鲜花与掌声所带来的无聊的压力。

向世界告别，奔向
生命的起点，
然后昂首阔步地走在回家的路上。

迷茫厌学

短暂的路只剩半个月

我苦于日本语的复杂

没错，我是个诗人。

是个游吟诗人。

这可能是今天的错觉

也可能是意识里的先入观

我会证明时间的短暂

用失败的话语祭奠

迷茫的今天。

T

夜晚的球局
那么偶然，遇见了
一个故人。

用最真挚的倾诉
表达对北方的向往。
他说："我挺希望接纳你们的。"

何等荣幸。

将恩怨转化为行动力
疯狂的人将不再，将
化为 T 字开头的力量仍旧
在新的地方发出最有力的呐喊。

我和一群人深爱着它，
这个承载了我们青春记忆
集体的奋斗与拼搏。

当东方的太阳再次升起，
希望它
我深爱的你
可以充满活力
带领着新一群的年轻人，
战斗下去！

初雪

在睡梦中醒来
遇见了
癸卯年的初雪，
雪花不见了踪影
雪穿着白色的上衣。

我在雪中游走
走过冰冻的黑夜
走过白茫茫的白天
将雪花化为一个具象
我也在为你歌唱。

轻轻地，踏着白雪
缥缈的身影
若隐若现
像纷飞世界里的孩子。

我想要一缕自由，

我渴望最好的慰藉，

我期盼雪后的春以及

春后的夏日晚风。

可说得太远

愿望便不能实现

故人洗尽铅华

我持素衣以歌。

突然再见

亲爱的故人
我不得已用旧的方式联系你
用平淡的言语，赞扬
我如今的出息。

你说那东西多少钱
我虽无法回答
可是却开启了一扇旧门，
也打开新的世界。

悲催的，卑微的
厌倦的人。
是否还有愤怒
是否还有最好的归宿。
将风与雪吹进我的衣服

用冻得发抖的手
触摸你的喉咙。

也许相见不远
也许误会很浅
也许春天要来。

用无限的大度
放宽最初的梦
用我的身躯
抚摸凛冽的风。

折多山下雪了，
不要跨年的烟火
只要新年的重逢与
浊酒一杯的诉说。

冬月初一闲感

游走在四面围墙之内

雪花铺满了大路

在白色的路灯下

映着黑色的影子。

一个人的世界

得以慰藉的

是一碗热乎乎的面，

而难以言说的故人

此刻，却那么云淡风轻。

绿色的手环，是

十五岁少年最后的信仰。

可送出去，还回来，

也只得换来一次目送。

目送的背影，是蓝色的，是阴天
推着破旧自行车的女孩
从此从时光中走远。
何曾料想的最后一面
也已经穿越了六年。

夏日的夜晚
与老师闲谈
他说我们都在渡劫
渡那轻舟已过万重山。

我想如今，又想此刻，
我们何不是在渡劫
将过往的伤痕，
用盐水冲去
搭着肩膀的两个人
有最灿烂的笑容。

深夜的自习室

我第一次坐在深夜的自习室

在温暖的房间中

坐下的人并不多。

有人憧憬着逃离

逃离冬天的北京

去到更远的北方。

有人只是坐着

学习旧日的知识

应付未来的考试。

我进进出出

让烟雾散发着橘子香气。

有人玩着手机

厌倦每天的学习。

可像机械一样写诗的我，

发出机械一样的呐喊。

这里的诗每天三首，

要凑齐在新年以前。

钢笔的笔尖流淌着墨水，

写下最宝贵的笔体，

同时也寄托着

也许是朋友的祝愿。

他祝我执笔从容，从此

灿烂于杏坛。

我不会辜负那一切

不会负那秋天的风。

执笔至此，便栖了。

夜晚小火锅

半点晕厥

在酒精中洗刷，

温暖的地板和

安静的炉火，告慰

今天的丢失。

在冰冷的阳台站立，

呐喊出一天的疲

三个人的篝火

成了雪天后的谜。

过往有太多不幸

轮胎故障就有三次

希望干了这杯，

迎来幸运满怀。

疾驰的风

疾驰的风，在
广阔的平原上游荡着。
银装素裹的大地呀
你何时能汇成一条河。

在无垠而宽广的湖面上，
在枝干丛生的树林里，
黑色的乌鸦在飞翔
将白色点缀在地上，
放矢在肩头与书包。

芦苇傲然地挺立，
思想者何在，
我问向远方，而
远方是我的家乡。

当小白菜与雪花交织

当红色的瓦房伫立在那里。

何处不是我们的故乡

何处不是今天的地方。

春水在雅鲁藏布翻涌着

冬雪落在冰凌的黄河。

就让远方如此这样

我便安心地睡入梦乡。

时间短

黑夜模糊了指纹

暴雪却欣然刻出它的纹理

沉溺于庸俗的思想，

如何下笔，我亦不知。

只晓得时间不多了，

还要应付差事。

第四辑　路遥漫漫

忆威海的夜

诗人的灵性穿过山河与你相遇

今天的风又吹响了波涛的海隅

酒气纷纷，剑气一轮行走在

一条环海的弯曲的春天夜路

雾总是进去又出来，又在一旁使人眩晕

我一步一步拖着沉重的翅膀行走

走过海边呼啸的阴冷中，又见到

远处的灯塔在白色的条条波纹中还闪着光亮

从高处望向深渊的谜团里

仍旧是冰冷的风让火焰愈烈

留下了几丝温暖的青烟后，便翻了十几个筋斗

从二十八楼的高度自由落体了

还给今晚未曾赏见的月亮，可是

北斗七星在摇荡秋千的人的头顶上

手机是拍不清楚的，因此只能仰天观望

不舍得依恋荡漾在半岛的黑夜里

只能欣赏却成了从未见过的遗憾

梦又回到了山脚下的十点十五分

守着旧日的诗人忘却了天的颜色

可身体会分泌一种愉悦的物质

让写诗的人可以在缭乱的字迹中重获幸福

初见东洋

走下暗夜的飞机

踏步徐行

一种温热的空气

湿润了我

在深夜的厅堂中

斜挎着平板的

西装男子，正

指引着迷途的人们

友人在等候

用相见而来的欢喜

冲刷异国他乡的疑虑

用行迹斑斑的脚步

衬托匆匆驶去的铁轨

远处的桥

闪烁着斑斓的霓虹

高高的塔，挺拔着

在河道旁伫立，耸然。

亲爱的过客们

用游历的脚步

刮起那街巷的风

用此刻的诗篇

描绘远方的思念

永远，向前。

初见夕阳

朦胧的清晨

被闹钟叫醒

收拾行囊、整装待发

轰鸣的铁轨穿梭

用风的声音将我唤醒

我踏上飞往云霄的路。

走过长廊，吞噬药片

第一天就这样启航

飞往南方，仿佛

离故交近了一些又

那么遥远。

起落安妥，呼吸着

潮湿的空气和

辣椒味的大街

白色的计程车闪过，
踏上旅途的栖所。

彼此换盏，诉说着平常
渐渐迷惑起来
却道："今夕何夕？"

相互交谈，接着诉说平常又
遗憾过去，那么匆忙。
渐渐地，风儿平息了呼唤
东升的新月，
却是今晚的太阳。

又多希望，永远这样
再无凡俗的悔恨
也安逸与平凡的过往
如此，希望。

经幡下的暴雪

我享受阳光洒向大地
我吹响清晨的号角
我驾驶着汽车在奔腾的
雾气中移动，
我又停泊在凡人停歇的港口。

摇下车窗，走向地面，
无不欣喜于此刻的一瞬，便
用快门记录下来。

再出发，再回首，停歇脚步，
慢下来的脚步，总
沉醉依偎在蜿蜒山路里的孩子。
盘旋曲折也无妨，因为风景
一路向西。

忽而，光影消失在云里
忽而，一片白茫茫。
用头昏脑涨的意识
奢求手中的氧气给予我
平缓的呼吸。

在冰冷的意识里
我穿起了棉衣
深知迈步的艰难
也阻挡不了前进的勇气。

冰霜盖住了玻璃，让
快门变得不再清晰
可是欣慰的旅人
又何曾，这样沉重地叹息。

昏睡过去，意识消失
头部的疼痛，也
不再着急
雪山脚下，便栖了。

之稻城

清晨的寒意
染得我身衫湿漉
内心的炽热
充满辽阔的大地。

驱车奔赴天空之城
西城门的骏马
奔腾着心中的风。

一路南下，金黄是主色调
牦牛挡住了去路
让我停车驻足。
美是今天的色彩，
落叶是风铃摆动的音乐。

梦想着，去到人间仙境
可溪水送来清凉与泥泞
日暮时分的飞鸟，是
仙境边陲的使者。

我缺少氧气，恨不得
蜷缩起来，像
一颗胶囊，在
其中沉睡。

清淡的菜不合胃口
发晕的头脑不曾停休
就爱吧，在这城！
就睡去吧，我的今天。

记稻城亚丁

在红日初升的地方
漆黑的明天笼罩我
微风划过肌肤，去到
相隔不远的异乡。

砂石沙沙作响
正像树叶纷飞于天上
新的日子就要来到
远方的山，炊烟袅袅。

盘旋着，一路上
落叶萧萧，天地浩渺。
我踏着坡道，感叹
氧气稀少。

远方的山高耸着，她说

她叫央迈勇

我未曾想要征服，只

虔诚地敬畏神灵。

湛蓝的天空，

澄明的湖水

山间的小路都

消耗着喘息。

步上层层阶梯，看到

山中的海，海中的湖

用头昏脑涨的意识，记录

最清澈的心灵。

下山的路曲折不定

远方的终点，艰难前行

回去了，再见这里，再也

望不见夕阳，再也

不留恋过往。

冰川断路

那天，天色很美
那风和日丽，是
远方的湖水倒映着
两岸的青山。

我沿着小路前行
直到山的脚下，也是
路的尽头。
我本退却了，那登攀的艰辛。
可马儿的背脊，让我重新
向远方的冰川走去。

晶莹的，蓝色的冰川哪，
你是江河的母亲还是
谁家的孩子？
纯洁的冰，是千年的积淀

热烈的心将你我

融化在这山里。

群山在远处，

盘踞着的牧人

向我讨要粮食，

我给予他饼干与清水

他还赠我风干的牛肉

并向远方指去。

归途坎坷，车轮不再

等待许久后，才

缓缓地行进着。

于是夜幕降临了，

当地人说，要提防熊出没

于是疲惫尽至，

便有了归宿。

朝圣之路

说来不短，道来不长，
奔向西边的远方。

八九个日夜中
点滴的星光里
嵌入了欢笑与坎坷，
饱含了泪水与蹉跎。

我走在了大路上，
像惠特曼一样，
充满着希望的光亮。

当我看到远方，是
我心里的远方，成了
眼前的地方。

拉萨二字，是
鸟儿回家的方向。

它说还有二十分钟，
我想我也许会流泪
是幸福的眼泪吧！
几年的期望。

终于，我看见了半山腰，
看见了明亮的广场和
镜面反射下的池塘。

这是我的朝圣之路，
没有哭，只有希望，那
充满生机的希望与
红白相间的远方。

拉萨第二天

走向远方的寺庙
我焦急地奔跑。
用漫长的等待
换一身淡雅的装扮。

向草原出发，
戴着绿松石的耳环。
有小马和羊羔
合影要花钱。

举起假扮的苍鹰，
按下沉重的快门。

沉醉于自身的装束
那是远眺的诗人，

将生命融进蓝天，

将脚下的土地释然。

我又焦急，

脚磨出了水泡。

真想歇息一番

像早上一样

一杯甜茶，一碗藏面。

布达拉宫将大门紧关

牛奶泼满墙壁

是白色的瞬间。

我回到了寺庙，

选起了相片。

吃了一顿藏餐

听了一首蓝莲花

喝了一听拉萨啤酒

换了一夜安眠。

一路向北

题记："我一路向北，离开有你的季节"

我终于迈向北方，

一段旅程里，新的方向。

我忘记那些过往，

残存的爱，

与玫瑰的余香。

白色的车在泥泞里翻滚

穿上泥土的纱。

渐落的阳光洒向眼睛

游走在不平的山路与

曲折的盘旋中。

忽而，头脑开始昏沉。

并不是那困意来袭，

而是复发的旧疾。

我寻觅着止疼片

吃上一碗热乎的面，

早早睡去。

又怎料，难以放下的不自在

都翻涌在这被窝里。

石破天惊，

白色的马桶。

依旧伴随我的，还是北方的冷与

残存的药片。

去格尔木

当翻涌的黑夜
深入到崭新的黑夜里，
拖着疲惫的身体
去到另一个平地。

沉睡的人在一旁
颠簸的路坑坑洼洼
好像要飞起，又好像
重新回到前几篇的日记里。

石子小路结成了冰，
滑行是缓慢的。那节奏
让我交集。多希冀
能快些过去。

天在黑暗中散步

走向了光明的未来

当周遭的地貌

渐渐发生改变

我才意识到，

我穿行在青藏公路里。

夕阳总是迟到的

残存的梦摇晃着。

刺眼的格尔木，

是我午后的终点。

从未如此久远，

我想，是远方的天。

两湖

去追逐太阳升起的方向
去欣赏秋光熠熠的霓裳。
向清澈的湖撒下一把盐粒
向湛蓝的湖呼唤翱翔的海鸥。

小路太长，大路太远。
终会盘旋，到达顶点。
美丽的一天，将生活照亮，
灿烂的阳光，布满鸟语花香。

不再是曲折的
不再是迷惘的，
归途将近，如此这样。

塔尔寺巡礼

公路给了我傲慢的荣光
向灵验的圣地巡礼
找寻向阳的高墙。

未料的复杂的格局
向神圣的灵魂磕头祈祷
愿平安，愿顺利，愿
还能回到过去。

曾经这里，让病痛减轻
今天此刻，向神灵还愿。
我心向你皈依。

海拔在做减法

终会，到达一片丹霞。

伴着就要来到的夕阳

穿上一件黄土做的衣裳。

是的，就要回去。

八十一难

清晨，从雾气中醒来，

归途的冲动，将

疲惫冲淡许多。

吃上一碗热乎的牛肉面

并且，踏上入川的路。

阳光热烈，阳光刺眼。

穿过迷雾与小路

迎来高山与宽广。

难得的休憩却

并不踏实。

醒来便觉，车，又坏了。

九九八十一难

终于迎来了最后一难，

路途的艰难，换得

旅途的圆满。

向青睐的床拥去

睡上一个安稳的觉

迎接故友与对手。

从此，我沉睡在阴雨的成都里。

旅行最后一日

迷茫的沉睡中醒来
在街头漫无目的地游走
寻找可以填饱肚子的东西。

一旁的人也醒了，在
繁华的城市中穿梭
来去就像忽忽的影子
影子遇见了故人
在祠堂里旋转。

向着听说了很久的地方出发，
寻找千年的文明，一睹
三星堆的真容。
不远处，是不愿再见的故人
等来的，是新的朋友。

一顿火锅的缠绵

推搡着请客吃饭，

在夜晚的城市中

寻找可以下酒的菜。

用啤酒与欢乐

畅谈星空下的夜。

说起我们的故人

望穿悲欢与离合。

渐渐地，走向宿醉，

在睡梦中翻滚，醒来

第二天的飞机不远了

奔向机场，踏上了

回家的路。

第五辑　走在大路

如果拥抱

如果拥抱怀着张力，
空气与大地也为你敞开双臂，
那是生命的气息，
爱的园地。

如果拥抱相互对等，
热情在每个人的心中
波涛汹涌。
发力推开，只怕打破安谧。

如果拥抱束缚着你，
激情便倾诉在了你的怀里，
感受着压抑，放下呼吸，
直到推开手臂
——风的温暖盈了满怀。

如果拥抱是光明，

你便在被拥抱的晦暗里。

如果拥抱是平凡，

你便在不平凡的平凡里。

拥抱世界时，世界也爱着你。

在欢笑与苦痛中，

拥抱给人慰藉，令人着迷。

去拥抱，

拥抱这世界，

拥抱这春天，

拥抱这海洋，

拥抱这细雨。

拥抱世俗与繁华，

拥抱恬淡与生机，

拥抱澄明的心境，

拥抱我、也拥抱你……

我想拥抱，如果可以。

今天的呐喊

当黑夜替去了蓝天

当时间模糊了空间

当初春化作秋般的泪水

你便知道

橙黄橘绿是属于今天的解药。

我低声发出无情的呐喊

又何尝，不渴望着回音

假如生活让你哀转无垠

那么，咆哮吧

即便天昏，即便清晨

那燥热的内心，像

傲霜的菊，那狞厉着的

是几分坚韧。

慢慢地，你才发现，

天且暗淡，地正回春。

那穹顶下的期盼，

让这个世界振奋，焕新。

暗夜风

当寂静盈满了黑夜，
当灯下凝聚了一团萤火虫，
一声晚钟，
是百无聊赖间的雅兴。

坏了的钢笔尖，
摩擦着信纸，
发出刺啦的声响，
一字一句，
无不祈祷着晨光。

幽暗而深邃的小路上，
我不曾遇到向导，
单凭内心的温良
在暗夜中炙烤。

忽而一阵清凉，

让我笃定地呼叫

——风儿快跑！

诗的声音

诗像春天里的风，迎上面颊，

北方的柳絮飘了起来，

飘到我们的呼吸里，要打个喷嚏。

诗像篁竹一片的山林，

在小路上，彳亍前行，

鸟儿也在歌唱。

它唱道："快来枝头倾听。"

诗像人间的四月，再高的修炼，心

也抵不住那八面玲珑的风。

天热了、花开了便有了感情。

当烈日炙烤着你的面庞。

诗像山涧的溪水，

带给你哗啦啦的清凉。

捧在手上，便是欢脱的瞬间。

诗像一潭湖水，縠纹未曾掀起波浪，只剩

倒映着的月亮，在静谧的晚上。

忽而，在秋的风下，

倾听着风儿摇着铃铛。

落叶沙沙地响，正像今天的诗

——慢慢吟唱。

它唱那伤怀的美，和浊酒的香。

诗像北风作响，

刺着脸颊，显得皴红。

响声盖过了诗，便觅不得诗的影踪。

但是风过天晴，诗也成了胜寒的骚客，

唱着它那风吹雪下、傲骨凌冬。

这是诗的四季，也是诗的声音，

诗与四时竞相开放，

声音犹在回响……

我们笑着说："诗是自由。"

灯下的背影

我轻松地坐在空旷的地上
面对环绕的人群里，
纷纷议论，异样的眼光。
风拂过黑夜的灯下
倒映着汗水下的身影与
祈盼美好的微光。

又匆匆着，匆匆地走过
我们从未相识，
却在奔跑中彼此追逐
成了那一种依托。

我轻松地站起，一道而来的
是身体中的反应
兴奋着也幸福着

幻想着也充满希望

我看那

夜晚的光，映着

春天的霓裳。

轻

渐变的天空

懒散的草丛上

躺着——小狗在微笑

轻盈的舞蹈者，一种意念在渴望。

草被风吹起来，愤怒地站起

却无法挽回，无力的结局

微云散淡

幽幽的小径，道出分别的语言

独自徘徊，在

提笔作诗的夜晚

野花点缀在分野的旷场

一边是郁金香，一边是青草

一一在绽放

轻轻地走着，走出疏离的雨

轻轻地飘着，那随风而起的

幽暗的香。

月亮里的山

朦胧的月亮，在晚上，

夜风吹过衣襟，寒意几分。

从庸碌的生活中，从希望的春光里

夜色沾染微光的膜

束裹在月亮的形体上。

冰冷的手中，拿起炙热的笔

笔中的几句，写着今天的日记。

晕染着的白色的微云

点缀在圆圆的月亮上，那遥远的地方

遥远的人，是否

还在共同瞩目着，今天的月光。

抑或分散，抑或相聚

也许在不经意的瞬间，

在失望的抬头里

如此巧合地

隔着，月亮的山。

明天的蜗牛

畅想着明天的早晨

我能拥有不平凡的神力

用一个手指

就能拖住消沉的心计，也

渴望可以春回大地

下一场秋雨。

明天的光景，还未来到

可蜗牛说，"等不到了"

时间的车轮蠕行着

等不到我今天的美好

爱人的希望与

未曾出现的人

十个日夜，总是够了

够把车轮装在公文包里

够把蜗牛变得干枯，死亡了。

普希金是我的灵魂吗

生活没有骗我

我想亲切的怀念也不会

陶醉于今天的幻想

像山丘

像沟渠

没了就是没了。

星星做的补丁

星星说黑色的夜晚

幽暗的玫瑰在燃烧

锯子般

削平茎上的刺

花瓣落下，

是纸玫瑰。

空余着，

半截的叶。

灵魂散落，

一边洒向今天的星星，一边

飘向余烬的花

星星聚成了银河

银河旁，零落着

飘散的晶莹。

我把它们都装进红酒杯

杯中是蜉蝣

忽明忽暗。

我又拍手称快，一声霹雳。

幻化一切，一团花火。

花火中星星在说话

星星又说："灼得好疼。"

花火飞散

布满了天河，

一团飞着的萤火虫，

接替了花火的职责。

晓前的意识，

灌满着铅。

当生命的毒药发作

僵硬的身躯

在星河的力量下

渐渐柔软

柔软成绵，

吸纳着星星

成了星光点点的团。

织女用这团闪光的棉

缝缝补补。

一身银色的补丁

好像繁华的远处

一团团的聚落

灯火莹莹，

唯独，在黑夜中

少了勾连着他们的，星星。

我的

春天是我的一捧清冽的水

我用孩子的字体书写

水带给我的甘甜

今天的风是我的精致的扇

我的面颊告诉我

远处的风吹倒归途的桅杆

日暮的人是我的亲切的想念

我遥望着华西盆地

徜徉在不再诉说的纷然

笔尖的水滴是我的意志年轮

虽然天黑了

但是我书写了永恒的十年

无名小镇

游丝般的思想

穿越在复杂的丛林中

当智慧遇到惊喜的念想

便化作了一朵含苞的花

花儿总是美丽的

风光又多么旖旎

那道路上永恒的石子

铺满了土地成了

一片石滩的坦途

一种拥有神力的风吹向作家

作家停下手中的泛红的笔

失去了渐渐迷惘的心绪

而风的清凉

总带给思绪万千的远方的姑娘

小镇的路在两旁的民宅中延伸

篱笆旁的鱼竿

要去收获今天的云

一旁的小推车，却

载好了繁密的渔网

网罗了淡水湖中的

一网清澈的水和

少了鱼腥味的空空水草

阳光洒向湖面

晕开了积聚许久的波纹

这水波是我未曾想过的

也从未见过的

小镇的故事与人儿

是百无聊赖时的臆想

而空灵的山林与

烟波浩渺的汀洲

才是我真正的归宿

在那树叶挡住的光里

喜鹊的声音告诉我

该去吃午饭了

意识·笔尖

枯黄的旋钮

总拧不来凉爽的风

雪白的挂灯

却照得亮纸笔和书。

我将文字写成歌

歌唱今天的我

颂扬天多美，水多蓝

赞美山多高远，海多宽广。

这是兴奋的我

当灵感出现，便会

思如泉涌

诵向伟大的日子

或许今天？也许明天。

霎时间，一切变成一幅画

画出山水皴染

我便在山下

山下的人迈入回廊

走向纯粹

皈依笔尖

一切成了一条黑色的线

那绽放的花和

混乱的字

都成了几笔残缺的

墨色的月。

海马

五彩的海马在游荡

泳向漆黑的夜里

总是等到太阳落山了

才肯执起坚硬的笔

水草丛中穿梭的

是充满灵气的生物

荧光闪动，乌黑一片

总在霎时间

这波浪一层接着一层

樵人眨着眼，望向

山中的亭子

亭子中卧着一只猕猴

有人问，你在作甚？

那跳跃的精灵扭动着身姿

一跃而起而回答

好像已经呼应在了远方的山

山脚下的青苔，渐变着融入海水

海水用深刻的盐分

侵蚀着岸上的礁石

拍上来了，一只

奄奄一息的海马

海马是咸的

这是最后的回应

潮水退去了

徒留一只海马

睁着眼睛

望着天。

落日光斑

空灵的笔尖

旋转出绚烂的花

这独自的盛开

衬托着天空湛蓝

时间停摆，望洋兴叹，

美丽的世界如此纷飞

舞蹈的献礼

止步于一个眼神的惆怅

愁思衍衍，未曾洒出

西边的太阳，晚霞的光

落下缤纷的镜像

像春天，像黑夜

像我们不曾料见的

永恒且神秘的

浅浅光影，或许又是

一片光斑，

那树影下的你

将会用今天的期盼

挽回过去

挽回过去的记忆。

夜深人静时

谁用微小的耳语

向我倾诉光和

明天的太阳。

我的期待

不曾幻想，今天的结局
我们用人生轨迹书写着
又岂能料想今天是无知者的地狱。

用多少的期待，去等待
用等待的欣喜，去期盼
用期盼的好意，去缅怀
用缅怀的心情，去祭奠。

今天已经过去，即便
黑夜的酒桌旁
酒瓶叮咣作响，
那远处的人，
那熟悉而陌生的消息却
来得那么及时且失望，
消除了一切的期待，

用吞咽的啤酒来掩饰

内心的慌张，悲凉。

可今天已经过去

友人可曾联系

许多想说的话

许多想见的人

又可曾重叠，而

远处的星星

又是否真的想去见你

解决我与星星的，

棘手的问题呀。

就让一切回归安谧

让夏日的晚风

携着热浪

去冲刷斑驳的痕迹

也许过去，是

最好的结局。

消失的怒

总是觉得，青春的火焰熄灭了
灭得是那么的突然
毫无征兆，却早有预料。
我幻想过未来是什么样子
可未曾料想今天的模样。

今天是何模样？
是平淡的心境抑或
朴素的外衣。不，
我想是忤逆的愤怒，霎时间
消失得无影无踪。

多了些失望却
少了些慷慨激昂，与
亲人的和睦是
最欣慰的地方。

故垒西边，今又是
青春时光的放牛郎
回去吧，回到最初的地方
让消退的脾气永远匿迹
让今天的梦再度启航。

我爱这今天的模样
虽从未相信过往，但
这便是生命的火光。

西行

我站在最高的地方
脚下的土地，是
重叠的梯子，托起我的躯体。

远处的雪山绵延着
用锋利的獠牙俯视我
我行走在獠牙之间，歌唱着
秋天的赞歌。可
风儿呼啸而过，又怎料
它裹挟着远方的雪国。

当陡峭归于平坦，
心灵便携带着安然
用失去的渴望摇曳着，
分明失去却不得的远方。

爱总归于安谧

溅落的日

是最真实的印记。

爱总留恋过去

迎风的月

是完美的痕迹。

疲惫充斥着怒吼，

等待却需要消费。

当落叶变得晕染金山

今天的风，吹向我

吹向远方的你。

多人游戏

潦草的生活里
没人渴望乐趣。
用斗争的心计
抹平残酷的叹息。

那人太近，又远
不曾相连却
又充满着光点。
是飞翔的曙光，不
是光照树叶的斑点。

秋色凝结着过往，
痕迹充斥着希望
用两个人的友情，
去消失那双双离散的
玻痕般的爱情。

风呼啸着，

打透我的衣衫，叩问我

是否臣服于实在的寒意。

我无声地回答这

刺骨的天，用那

冰冻的手与寒冷的心

脚步急促地行走，

是今天的泯灭也是

明天的重生。

望向西南方这与风

相反的方向。

静静地望，望不见故人却

望得见迷雾，不知何方。

镜

曲折的眼镜腿

破旧的行囊，我

驱车驶向南方。

回忆着过往

微笑着的脸庞。

是欣慰的晨光，

是无憾的夕阳。

向东驶去，寻找

蝈蝈的叫声，可

我却融进了镜面的城。

有人说，不要钱。

道谢是绅士的礼节

霓虹灯是今天的热烈。

归途总是漫长的。

不要说再见，

红色的蝴蝶结。

焚香

噢，书桌旁的焚香
古朴的气息入鼻
头脑发晕，
无法将心静下来。

时间的长河
荡漾着悠长的碧波，
翻滚过几重的山河
流到彼人的心窝。

是指尖的烟草味道
还是笔尖的墨香
弥漫在黑夜的灯下。

期盼着，一则消息
一则成功的消息

可成功是难得的

需要沉得住气。

在化学作用下

人的情绪被氧化

变得没有了脾气，

没有了喜怒与哀乐。

可烟雾弥漫，

感到眩晕。

谁会在这里沉睡下去

我的灵魂。

今天是自由的我

如果今天是场表演
快乐的风吹向我
冰碴儿在我的衣襟上
积成了厚厚的雪。

如果今天有个期限，
我想是三天。
三天足以将冰融化
可远处的温度未曾来临。

今天的我，是自由的我。

在无拘无束的世界上
跳上一支欢快的舞蹈。

无灵感而作

当诗人失去了灵感的时候
是否该怪罪，
你耗费了灵气。
又或许是你创作得太多，
从而磨灭了真理。

无知者无所创作，
有思想的人没有灵感。
用自我的力量书写着
此刻的诗与句。

在呼啸而过的丛林里
有老人捡起落叶
应该是五颜六色，
才让病痛远去。

我曾阅读过

那匆忙的旅行

即使用异国他乡的文字

也无法阻挡我看得清楚。

诗句写在这里

灵感荒废几分,

但没有灵感的人,

又该如何告慰?

消失的记忆

天未破晓，便出动了。

接上了熟悉的故人，
向不远的东方驶去。

车水马龙的车子呀！
你是否记得我的梦。
在痛与挣扎之中
体会最真实的天空。

在高速上疾驰
忽而停下了脚步，又
向远处走去。

见过的一个月前的地方，
向雪满山的方向。

可是始终无法站立

想学步的孩童

一次又一次跌倒。

跌倒的不仅是身体，

还有受伤的记忆。

当我意识到记忆随之丢失

现在的我，却

无比地冷静。

或许是记忆药片的作用，

让冷静成了习惯。

虽然失去了些，

可今天的怀念

像三年前那样，依然不变

只是，不再哭泣。

无题

我奔向南方，

南方是前世的家乡。

许久不见的情歌

演奏于新年的交响。

草莓在哪里？

我询问父亲

而后寻觅

在昌平的大棚里。

我聆听爱是如此

可又相顾无言

老师说，这是两人间的秘密。

树横七竖八地排列着，

虽不见了新的枝芽，

但冬天的背景板依旧

我沉溺于顾城的诗与画

用圆珠笔的线条

勾画出又一个史诗。

如果没有质量与惯性

每一个字都会飞出几米

又或许还在原地

聆听春的消息。

舞者

酒精，麻痹零落的意识。
风声，吹散轻柔的绪。

当信使作为灵魂的舞者
再多的思想，也将
沉沦于今天的帆船。
在西风带的海峡里狂舞
在暴雨交加的黑夜中前行。

南极大陆的企鹅，
也会作为婚纱照的背景
那美好的爱情
是青梅竹马。

雪绒花

白云慢慢散开

我飞向太阳的一端

越过层层山峦

静谧而美妙的旷野

走向家乡。

布满青泥的阶上，

浮萍在池中生长。

这扇木门

虽然陈旧，但

像春花那样幽香

透明的窗户吱吱移动

像行走的乌龟。

我不值得信任

别人更不值得，

把还在睡梦里的

雪绒花

散落在门口的地上

让这片雪产生故事，

充满雪绒花的梦幻。

快到中午了

雪向冰河融化。

我穿上棉衣

脱去臃肿的皮袄

变成一团

快乐的棉花，

在地上翻滚。

孔雀开屏，

展开亮丽的羽毛。

所有冬日暖阳的照耀

都会融化冰雪

融化心里的

雪绒花，

并且永远热爱。

你看云

你
看我在云
云说在你

可是
你看云时天晴
云看你时落泪。

远方的星

天阴阴的

无法擦干净

又洗刷了一次抹布，

乌黑的天花板更加凌乱。

在风吹四季的夜里

有一颗星星

在远处眨眼

它是我的亲人。

诗的名字

我渴望着三月的迎春花，
也渴望着六月的雪。

我怀念海子的诗，
也青睐顾城的画。

春天是枯树映着蓝天，
而冬天凝成了冰湖对岸的想念。

蜗牛在小镇里前行
爬上午后的花墙，
做一个寂静的思想者。

于是灵魂也奔向远方
没有遗憾地向前。

你劝我大度一点，

那人说。

在初雪里再见，

那风的疾驰，

因而这首诗不再有名字，

就让它飞翔吧！